诺奖童书

许愿树

[美] 威廉·福克纳 著

王梅 译

人民文学出版社

图书在版编目（CIP）数据

许愿树 /（美）福克纳著；王梅译.
—北京：人民文学出版社，2015
（诺奖童书）
ISBN 978-7-02-011211-1

Ⅰ.①许… Ⅱ.①福… ②王… Ⅲ.①童话
—美国—现代 Ⅳ.① I712.88

中国版本图书馆 CIP 数据核字 (2015) 第 264992 号

责任编辑：卜艳冰 尚 飞
装帧设计：李 佳

许愿树
[美] 威廉·福克纳 著 王梅 译

出版发行 人民文学出版社
社　　址 北京市朝内大街 166 号
邮政编码 100705
网　　址 http://www.rw-cn.com
印　　刷 山东临沂新华印刷物流集团
开　　本 890mm × 1240mm 1/32
印　　张 3
字　　数 55 千字
版　　次 2016 年 4 月第 1 版
印　　次 2016 年 4 月第 1 次印刷
书　　号 978-7-02-011211-1
定　　价 20.00 元

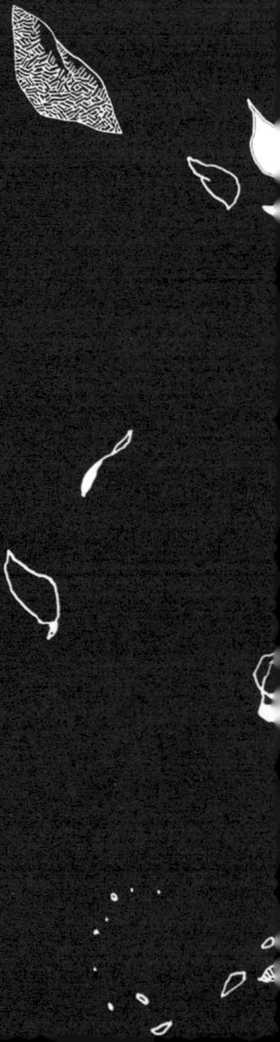

她还睡着，但觉得自己像一只气球，从睡梦中升起来了：就好像是一条金鱼，在睡眠的圆池中徜徉，从温暖的水底上升、上升，直到水面，然后就会醒来。

她果真醒了，但是没有立刻睁开眼睛，而是静静地躺在暖暖的床上，身体里好像有一只小气球，在慢慢变大、变大，飞升、飞升。很快它就会升到她的嘴巴里，接着飞出嘴巴，跳起来，贴在天花板上。那个小气球正变得越来越大，使她的身体、胳膊和腿都感觉到刺痛，就像刚刚吃了一片薄荷。那会是什么呢？

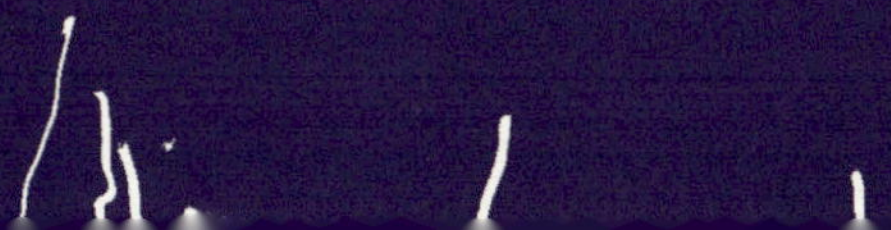

她想。她紧紧地闭上眼睛，试图记起昨天起发生的事情。

“今天是你的生日。”一个声音在她耳畔响起，她立刻张开眼睛。床边站着一个陌生的男孩，有一张瘦瘦的丑脸，头发那么红，在房间里闪着幽幽的红光。他穿着一件黑天鹅绒外套，脚上套着一双红色的长袜和鞋子，肩上挂着一只大大的空书包。

“你是谁？”她问，惊讶地看着那个红头发男孩。

“莫利斯。”男孩回答道。他的眼睛里有着奇异的金色斑点，像火花。“起床！”

她还是继续躺着，并四处打量这个房间。奇怪的是，房间里除了莫利斯和自己，就再没有别人。以前每天早晨她醒来时，妈妈和迪克总是在房间里的，接着爱丽丝会进来帮她穿衣服，准备上学。但是今天房间里除了这个陌生的红发男孩再也没有别人。他站在

她的床前，用闪烁着奇异金色光斑的眼睛看着她。

“起床。”那个男孩又说了一遍。

“我还没穿衣服呢。”她说。

“不，你穿了。”男孩回答，“快起床。”

她掀开被子下了床，可以肯定的是，她确实穿好了衣服——鞋子、长袜、崭新的紫色裙子、有着与她眼睛的颜色相配的丝带。红发男孩走到窗前，脸贴着玻璃往外看。

“还在下雨吗？”她问，“昨天晚上在下雨。”

“过来看看吧。”男孩说。她走过去站在他身边，从窗口看外面黑色的大树，它们在雨中垂着光秃秃的枝条。

“我希望在我生日这天不要下雨。”她失望地说，“我觉得今天雨会停的，你说呢？”红发男孩看了她一眼就走开了，接着他推起了窗户。“哦，不要打开！”

她尖叫道，但很快她就沉默了，因为随着窗户的升起，她看到的不再是雨和冬天里黑色的树，而是一片轻柔的弥漫着紫藤花芬芳的薄雾。在薄雾中，她听到从远处传来一个细微的声音：“下来，达尔西！下来，达尔西！”她透过上扇窗的玻璃往外看，看到的是雨和黯淡的黑树，但是越过打开的窗，则是轻柔的泛着紫藤花香的薄雾和很多声音在喊：“下来，达尔西！下来，达尔西！”

“咦？真是太奇怪了！”她说，看着那个红发男孩，他正忙着在他巨大的书包里掏着什么。

“那是因为今天是你的生日。”他解释说。

“但是这种事情我以前过生日的时候从来没发生过。”

“一切皆有可能。”红发男孩回答，同时从书包里掏出什么东西，“这也是生日之所以成为生日的原

诺奖童书

因。嗯，就是在你生日的前一晚——”他用闪烁着奇异金色光斑的眼睛看了她一眼，“如果你上床时先迈左脚，睡觉前把枕头翻过来，就可能会发生奇迹。”他又明确地补充了一句。

“啊，我昨天晚上正是那样做的，”她说，“但是谁在喊我呢？”

“为什么不朝下面看看呢？”红发男孩建议道。于是，她探身窗外，将头伸进那温暖芳香的薄雾里，从下面正抬头望着她的是爱丽丝、迪克和乔治，他们就在街对面。

“下来呀，达尔西！”

“等着我！”她对他们喊。那个红发男孩又出现在窗边，手里拿着一个大约六英寸高的玩具梯子。他把梯子举到嘴边，对着它吹气，梯子立刻开始变大变长。红发男孩又鼓嘴又吹气，梯子变得越来越长、越来越长，直到它的一头抵达地面。达尔西爬下来的时候，爱丽丝把梯子扶得稳稳的。

“终于起床了，是吗，瞌睡虫？”乔治问。迪克跟着起哄：“瞌睡虫！瞌睡虫！”他还是个小孩子，总爱学别人的话。

红发男孩也从梯子上爬下来，然后弯下腰，用手指按了一下梯子上一个小小的闪光的按钮，一股气体从梯子中散发出来，接着它又变成了一个六英寸高的玩具梯子，红发男孩把它放回书包里。“我是莫利斯。”他简短地介绍道，用他闪烁着金色斑点的眼睛把爱丽丝、迪克和乔治打量了一遍。“走吧。”

薄雾就像一顶巨大的帐篷在四周笼罩着他们，一阵温暖的微风拂过，飘溢着紫藤花的芳香。他们穿过草坪走到街上，红发男孩又停住了脚步，“对了，”他说，“我们怎么去呢？走路，坐汽车还是骑马？”

“小马！小马！”达尔西和乔治兴奋地叫起来。迪克也说：“小马！小马！想要‘起’小马！”但是爱丽丝不想。

“不，不行，”爱丽丝说，“我和迪克不能骑马，还有你，达尔西，你也不能骑马。”

“哦！爱丽丝！”

“不，不行！”爱丽丝重复说道，“你知道你妈妈不会允许你骑马的。”

“你怎么知道？”达尔西说，“她没有说我不能。”

“她没有说，是因为她不知道你要去骑。我估计就像我们现在这样走，也可以到任何我们想去的地方。”

“哦，爱丽丝！”达尔西说。

迪克还在旁边起哄：“‘起’小马，‘起’小马！”

“爱丽丝和迪克可以乘马车，”红发男孩建议，

“你不会害怕一辆马车，对不对？”

“我想不会。”爱丽丝迟疑地说，“达尔西最好也坐马车。”

“不，我想骑马，求你了，爱丽丝。”

“这些小马很温顺，”红发男孩说，“看。”他把手伸进书包，拿出一只比松鼠大不了多少的设得兰矮种马，马身上有红色的缰绳、小小的银铃和红色的马鞍。达尔西开心地尖叫起来，迪克想爬上红发男孩的腿。

“我的！我的！”乔治喊道，“首选！我要求首选！”

“我的小马，我的小马！”迪克也叫起来，“我的‘瘦’选小马！”

“你们都等等。”红发男孩说，他把小马举过头顶，小马的小蹄子还在他的手里刨着、划拉着。“现在，都靠后站。”

于是他们都往后站了站，红发男孩跪下来把小马放在地上，把嘴巴对准马鞍的鞍头开始吹气。他不停地吹，小马变得越来越大，一边还踢蹬着脚，抖动着缰绳上的铃铛；红发男孩跪直身体继续又鼓嘴又吹气，接着又站起身体来吹气，小马也变得越来越大。最后，他抬起头。

“看，”他说，“对你来说够大了吗？”

“这是给谁的？”爱丽丝连忙问道。

“我的！我的！”乔治和迪克同时叫起来。

“不，这是给达尔西的。”红发男孩说。

“那你把充气放掉一些吧，”爱丽丝立刻说，“这对达尔西来说太大了。”

“不，不！”达尔西反对道，“看啊，爱丽丝，你看它多么温顺！”她拽了一把青草喂它，小马一边吃着青草，一边使劲地摇头，使缰绳上的银铃也一个劲儿地叮当作响，于是她勒住了缰绳。红发男孩又从他的书包里掏出另外两匹马来，迪克又开始高呼起来：“‘瘦’选小马，‘瘦’选小马！”

“为什么你的书包里装了那么多东西，但看起来却是空荡荡的？”达尔西问。

“因为我是莫利斯。”红发男孩回答。“而且，生日的时候一切皆有可能发生。”他又郑重地加了一句。

“哦。”达尔西说。接着红发男孩把这两匹马吹起来，把缰绳交给乔治牵着，又从包里拿出一匹更小的马，拉着挂满银铃的柳条车厢，正是迪克想“起”的。红发男孩也开始对它吹气，爱丽丝紧张地看着。

“现在是给我和迪克的，不要把它吹得太大。”她提醒道。

许愿树

红发男孩继续鼓嘴吹气。

“那不是已经足够大了吗?”爱丽丝不安地问道。

“爱丽丝不想它比兔子大,”乔治说,“但是如果不比兔子大的话它根本拉不动车。”

红发男孩继续鼓嘴吹气,很快小马和车厢就到了合适的尺寸。“你们还需要一根鞭子。”他说,手又伸进包里去拿。

“不,不要,”爱丽丝立刻说,“我们不需要鞭子,你可以把它放回去。”

但是迪克已经看到了鞭子,当红发男孩把它放回去的时候,迪克叫起来。于是男孩把鞭子给了迪克。迪克和爱丽丝上了马车,迪克一手拉住缰绳,一手拿着鞭子。

“开动啦,‘瘦’选马!”迪克大声喊道。

“亲爱的,是设得兰矮种马,”达尔西说,“不是首选马。”

“开动啦，设得兰矮种马！”迪克说。接着达尔西、乔治和红发男孩也上了各自的马，沿着街道骑行。

他们骑到了街道尽头，路过了最后一栋房子，接着突然冲出了那团薄雾。在他们身后，可以看到那团薄雾像一顶灰色的大帐篷，但是在其他地方，他们看到树木像夏天那样郁郁葱葱，草地青青，上面开满蓝色和黄色的小花。小鸟们在树上歌唱，从一棵树飞到另一棵树，阳光和三匹小马奔跑在路上，越跑越快，直到马车里的迪克和爱丽丝被远远地落在后面。他们停下来等着他们，拉车的小马小跑着奔过来。爱丽丝紧紧地抓住她的帽子，看起来有点紧张，于是他们向她保证不会再跑快了。他们继续前行，过了一会儿来到一座小小的灰色村舍前，村舍的大门上方有许多玫瑰，有一个留着长长灰色胡须的小老头坐在门内，在

诺奖童书

削着一块木头。

“早上好。”红发男孩彬彬有礼地打招呼。

“早上好。”小老头也彬彬有礼地回应他。

“我们在找许愿树。”红发男孩说。

“它在很远的地方，”小老头说，并认真地摇了摇头，“我不相信你们能找到它。”

“我们会向路人打听的。”男孩说。

“这一带没人见过它。”小老头回答。

“那你怎么知道它在很远的地方呢？”红发男孩问。

“哦，我去过很多次，我以前像你这么大的时候几乎每天去一次，但是现在我已经很多年没去了。”

“那为什么不跟我们一起去，给我们指路呢？”红发男孩建议道。爱丽丝开始嘀咕，达尔西问她：“爱丽丝，你在说什么？”

诺奖童书

许愿树

“我在说，我们不想让一个像他这样的老废物跟着我们。我打赌他是个流浪汉。我打赌你妈妈如果知道的话也不会赞成的。”

“来吧，加入我们。”红发男孩坚持。老头小心翼翼地扭过头看了看屋里。

“我想我愿意。”他说。他合上刀，把它和他正雕刻的东西一起收进他的衣袋里。他站起身来，又看了看房里：“我想我最好跟你们一起去，给你们指路，因为——”

突然小老头的妻子冲到门口，把一个熨斗扔向他，接着是一个旋转的顶针，又接着是一个闹钟。

“你这个懒惰的老混蛋！”她冲他大喊大叫，“坐在这里和陌生人闲聊天，家里连一块烧饭的木柴都没有了！”

“麦吉！”小老头说。他妻子又冲进房里，朝他扔了一只鞋子。他转身跑到房子的一个角落里，那个女人站在门内瞪着他。

“你们这些家伙，难道没有比打扰别人工作更好的事情要做了吗？”她说，又瞪着他们，砰的一声关上了门。

“怎么样，我是怎么说的？”爱丽丝说，“穷鬼白人！”

“好吧，我想我们只能靠自己去找许愿树了。”红发男孩说，“走吧。”

他们离开那栋房子，沿着花园篱笆继续骑行。这时，在篱笆的角落里有人小心翼翼地喊他们，于是他们看到那个小老头在一排番茄后面往外看。

“她走了吗？”他低声问。

“是的。”红发男孩回答说。小老头走出来翻过篱笆。

“等我一会儿，我跟你们一起去。”于是，他们等着他。他偷偷地沿着篱笆回到房子前，把钟啊、顶针啊、熨斗啊什么的都收拾起来，然后又原路返回，爬回到篱笆那边，把这些东西都藏在篱笆的角落里。“这样等我们回来的时候，她就不能用它们来扔我了。”他狡猾地解释说。

“你可以跟迪克和爱丽丝一起坐马车。”红发男孩说。爱丽丝又开始嘀咕，达尔西问：

“你在说什么，爱丽丝？”

“我在说，我和迪克都不想他跟我们一起坐马车。你妈妈也不会赞成的。”

“为什么不让我也骑马？”小老头用受伤不快的语气问。

“让他坐马车，爱丽丝，”红发男孩说，“他不会打扰你的。”

“当然，我不会的，夫人。”小老头说，“我想不会的。”

“让他坐马车吧，爱丽丝！”他们齐声说道。

“好吧，那就进来吧。”爱丽丝没礼貌地说，“但是你妈妈不会赞成的。”

小老头敏捷地跳上马车，他们继续上路。

“我可以用刀雕刻东西。”小老头说。

爱丽丝嗤之以鼻。

“你们的小马和马车真不错。”小老头说。

“‘瘦’选马！”迪克说。

“是设得兰矮种马，亲爱的，”达尔西纠正他，“不是首选马。”

“我以前也有许多小马。”小老头说。

爱丽丝对此又是嗤之以鼻。“我打赌你的生活里除了扔向你的熨斗之外一无所有！”

他们到了一个岔路口，红发男孩停住了。“现在，走哪条路？”他问。

“那条。”小老头立刻指出来。他们继续前进。

“我们来的时候你正在刻什么东西？”达尔西问。小老头伸手从衣袋里掏出一块木头，他们都围过来看。

“是小狗。”迪克说。

“是蜥蜴。”乔治说。

“不，这是一条龙。”达尔西说，“对不对？”

“什么都不是，”爱丽丝说，“他，以及任何人也没见过什么东西像这个样子。”

“到底是什么？”达尔西问。

“我也不知道，”小老头回答，“我不知道它是什么，但我想它是一个吉尔普斯。”

“什么是吉尔普斯？”乔治问。

“不知道，但我希望它看起来就是这个样子。”

“那你为什么要叫它吉尔普斯呢？如果你不知道吉尔普斯应该是什么样子？”

“噢，”小老头回答，“因为比起其他任何我见到过的东西来说，它更像是一个吉尔普斯。”

“我看它什么都不像，”爱丽丝说，“它不像我看到过的任何东西，哪怕在马戏团里也没看到过。”

“你去过马戏团吗？”达尔西问小老头，“爱丽丝去过。”

“不知道，”小老头回答，“我记得好像曾经去过一次，但那已经是很久以前的事情了，现在不知道还记不记得。”

“马戏团在一个大帐篷里，”乔治说，“一个大得可以装得下我们的房子的帐篷。我真希望自己也有一个马戏团帐篷。”

“帐篷上有许多旗子，”达尔西补充说，“各种

诺奖童书

颜色的旗子在帐篷上飘扬。”

“我想去马戏团。”迪克说。

“我们改天会去的。妈妈说过我们可以去的。爱丽丝会带我们去的，对吗，爱丽丝？”

“还有一个乐队，”爱丽丝又说，“还有一头跟十匹这样的马加在一起那样大的大象。那头大象是我所见过的最大的东西了。上帝，上帝！”

“我想去马戏团，爱丽丝。”迪克说。

“我也想去，甜心。斑点马、空中飞人……听，我现在听到的是不是乐队？”

他们听到了号角声。他们继续前进，来到了一座巨大的灰色城堡前面。红发男孩又停下来。“现在走哪条路？”他问。

“那边。”小老头回答，一边指给他看。一个士兵正在城堡的城墙上吹号角。他们继续前行，走过城堡，再走一点儿，他们看到路边有一棵奇怪的树。

这是一棵白色的树，开始的时候他们还以为是一棵开花的山茱萸树，但是等他们靠近了才看到树叶是白色的。

“多奇怪的树啊！”达尔西说，“这是什么树呢？”

“这是一棵——一棵，梅洛麦克斯树，”小老头说，“在这片森林里有许多这样的树。”

“我以前从来没见过长着白色叶子的树。”达尔西说，她从树上扯了一片叶子下来，就在她碰到它的一刻，那片叶子忽然变成了美丽的蓝色。于是他们每人都从树上扯下一片叶子。乔治的树叶变成了紫色，红发男孩的是金色；爱丽丝也拿了一片，她的变成了大红色，她把迪克抱起来让他也扯了一片，他的叶子并没变成什么特别的颜色——譬如淡粉或者绿色什么

的，而是跟达尔西差不多同一色调的蓝色，只是更浅一些。

“你的是什么颜色？”达尔西问小老头，他给他们看自己的叶子，它跟迪克的叶子差不多，只不过不是蓝色。

“这正是我们每个人愿望的颜色。”红发男孩告诉他们。“达尔西的愿望是蓝色的，迪克的愿望颜色还没有很明确，因为他还太小，但是等他长大以后，它们会是蓝色的，因为他是达尔西的弟弟；爱丽丝的愿望是红色的，乔治的是紫色的，我的是金色的；至于你的——”他望向小老头，“跟迪克差不多，因为你没有多少愿望。”

“所以，这棵树可能就是许愿树。”达尔西说。

“不，不是，”小老头回答，“这不是许愿树：我见过许愿树那么多次，这是一棵梅洛麦克斯树。”

许愿树

“好吧，那哪条路是通往许愿树的？”红发男孩问。

“那边！”小老头立刻说。于是他们继续前行。

“路真是太长了，”乔治说，“我饿了。我真希望有块三明治。”接着乔治几乎惊讶地要从马上摔下来，因为他的手里真的有了一块三明治。乔治盯着这块三明治，闻了闻它，咬了一口，然后便开心地欢呼起来。

“我也想吃点什么东西。”迪克说，话刚出口，就有“什么东西”出现在他的手里。

“你手里是什么东西啊，甜心？”爱丽丝问。其他人也都围过来看。

“这到底是什么啊？”达尔西问。红发男孩从上面捏下一小块放进自己的嘴巴里。“它是什么味道？”

“它吃起来什么也不是，”男孩说，“因为它什么都不是，它是‘什么东西’，这正是刚才迪克说他想要的，你们看——他没有说面包或者糖果，他就说他想要吃点‘什么东西’。”

“我想要一些糖果。”迪克说，立刻他手里就出现了一块巧克力。

“爱丽丝，你知道他不能吃糖果的。”达尔西说。

“对的。甜心，”爱丽丝说，“你不想要糖果，对吧？”

“想要糖果。”迪克坚持。

“你最好要点别的东西，来，把糖果给我。”爱丽丝把糖果从迪克手里拿过来，但是当她这样做的时候，糖果消失了。

爱丽丝惊讶地呆坐了片刻，接着她转向小老头。

“你，老家伙，”爱丽丝说，“把糖果还给我，听到了吗？居然从一个小孩子手里抢走糖果！你，把糖果交给我，听到了吗？”

“啊，”小老头吃惊地说，“我没有拿，是你拿的。”

“不要耍我！”爱丽丝叫道，“不是有人从我手中又拿走了吗？”

“好了，爱丽丝！”达尔西说，“他没有拿。”

“那就是别人拿了，但他是离我最近的。”爱丽丝瞪着那个小老头。

“它走了，”红发男孩解释说，“它是迪克的愿望，所以当爱丽丝去碰它的时候，它就走了。因为爱丽丝并没有许愿要糖果。”

“好吧，我不喜欢身边发生的一切。我想我们还是回家吧。”

“我饿了，”迪克说，“我想要——”

“你不想要点儿面包、黄油和糖吗？”达尔西立

诺奖童书

刻说，“或者饼干？”

“想要饼干。”迪克说。他刚说完，两只手里就都有了一块饼干。

“哎呀，这难道不是很奇怪的事情吗？”达尔西叫起来，“那棵树一定就是许愿树。”

“不，不是，”小老头说，“我太了解许愿树是什么样了，那只是一棵梅洛麦克斯树。”

“好吧，管它是什么呢，我也饿了。不如我们停下来，都许愿为自己要点儿吃的。”红发男孩建议。于是他们停下来牵住了马。“现在，达尔西，你先许愿吧。”

“我想要——我想要，让我想想要什么。啊，对了，我想要一些绿豌豆、松脆饼，还有一个鳄梨和一杯巧克力牛奶。”话音刚落，它们就出现在她面前的草地上。

“现在到你了，迪克。”红发男孩说。

“爱丽丝，你要帮他许愿，”达尔西说，“你想要什么，宝贝？”

“你想要一些米饭和肉汤，是不是，甜心？”爱丽丝问他。

“想要‘咪’饭和肉汤。”迪克说，于是，它们出现在他面前。

“到你了，乔治。”红发男孩说。

“我想要许多许多的草莓和巧克力蛋糕，足够我吃完病一个星期的。”立刻，一大盆草莓和一个新鲜的巧克力蛋糕出现在他面前。

“到你了，爱丽丝。”红发男孩说。

“我想要一些火腿、肉汤和玉米面包，还有一杯咖啡。”它们也出现了。

“现在，你来选吧。”红发男孩对那个小老头说。

“我选苹果派和冰淇淋，”小老头说，“我们家里没有太多冰淇淋。”他解释道。

“现在，到我了，”红发男孩说，“我想要一些热姜饼和一个苹果。”

他们坐在地上吃起来。

“乔治，如果你把这些草莓和蛋糕全吃掉，会很不舒服的。”达尔西说。

“没关系，”乔治边嚼边咕哝着，“那正是我期望的。”

等他们全部吃完后，又都翻身上马。红发男孩转向那个小老头，“现在怎么走？”他问。

“那边！”小老头回答。他们继续穿过森林。

“我真希望刚才没有吃那么多。”乔治说。

“我真希望我们能很快找到许愿树，这就是我的愿望。”达尔西说。又走了一会儿，路又开始出现了

诺奖童书

岔道。

“那边！”小老头说，于是他们继续前行。

“我觉得有点不舒服。”乔治说。

“哎呀，那里又是那棵白色的树，”达尔西吃惊地说，“我们又走回来了！”

“不，不是，”小老头说，“不是同一棵树。那是另一棵梅洛麦克斯树。这个森林里有许多棵这种树。”

“我也相信这是同一棵树。”红发男孩说。

“我也这样认为，”爱丽丝赞同道，“我不认为他比我们更知道许愿树在哪里，你真的见过那棵许愿树吗？”

“我到过那里超过一百次，”小老头回答，“我确定知道它在哪里。”

“你以前真的去过，是吗？”达尔西问。

“我发誓，我去过，”小老头说，“在我年轻的时候每天都去那里。我发毒誓。”

“好吧，但是这肯定是同一棵树，对我来说，”红发男孩说，“现在怎么走？”

“你们不要再理他了，”爱丽丝说，“他不会比我更知道许愿树在哪里。”爱丽丝继续咕哝着。达尔西问：“你在说什么，爱丽丝？”

“我说,他就是一个老流浪汉,这就是我说的话。”她转过身瞪着那个小老头，他正缩在车厢的角落里。

“如果我们有一把枪的话，”他对迪克说，“就可以打一点松鼠和小鸟了，对不对？在这片森林里有许多好玩的事情可以做。”

“我想要把枪。”迪克说。爱丽丝举起手尖叫起来，因为迪克手里真的出现了一把枪，这把枪太大了，迪克拿不住，刚好掉到小老头的脚边。

“你——”爱丽丝说，她又开始尖叫起来。“你，年轻的红发小伙子，你快把我们带回家，在这个老傻瓜把我们全部杀死之前。你快过来拿着枪。看他，拿出一把枪对着我和这个孩子！”

“好了，爱丽丝！”达尔西喊道，“他没有这样做，是迪克许愿要这把枪的。”

“我才不管是谁要的，你看看他坐在那里，对着我们笑嘻嘻的，在等一个机会抢劫和杀掉我们大家。”她转过身瞪着那个小老头。

“坦白来讲，夫人，”小老头说，“我绝不会这样做，我甚至连想都没想过——”

“闭上你的嘴巴，把枪扔出这个车厢。”

小老头弯下腰用手去捡那把枪，但他刚碰到它，它就消失了，因为并不是他许愿要的这把枪。“哎呀，”爱丽丝说，“枪呢？在我叫警察之前，快把它从你座位下面拿出来！”

“爱丽丝，”达尔西喊道，“你没看到它消失了吗？它不见了，爱丽丝。他没有许愿要那把枪，是迪克想要那把枪。”

爱丽丝猛地扑倒在座位上：“我们直接回家，你告诉那个红发男孩选择第一条路。我已经无法忍受所发生的一切。”

爱丽丝又开始咕哝，而他们继续赶路。很快，他们又一次来到那座灰色城堡的前面。一些士兵正穿过城门行军。

“看那些士兵。”达尔西说。

“我觉得不大舒服。”乔治说。

那些士兵正穿过城门行军，在队伍的前头有一面旗帜。爱丽丝曾经有一个丈夫在军队里做下士。我的意思是，爱丽丝曾经有一个丈夫也是士兵。

许愿树

“一个士兵的生活真的很悲惨。”爱丽丝说。

“我想要一个士兵。”迪克说。

“你——”爱丽丝尖叫起来，“你去哪里啦？”

那个迪克许愿而来的士兵摸了摸自己的军帽。“哎呀，这不是爱丽丝吗？”他说。

“爱丽丝你个头！”爱丽丝大喊道，“我但愿手里有根烧火棍——”爱丽丝难以置信地看着手中的烧火棍，然后就把它扔向那个士兵，但是那个棍子一碰到他，就消失了。“再给我一根棍子，”于是她手里又有了一根，她扔过去，然后它又消失了。那个士兵躲到一棵树后。

“简直一团乱，夫人。”他说，“你朝我扔的是什么？小鸟吗？”

“你个混蛋！”爱丽丝说，同时开始爬出车厢。

“爱丽丝！”达尔西喊道，“到底是怎么回事？”

“他就是我曾经的丈夫。那个从我身边偷偷溜走，只留下一个月房租和不到一块腊肉的男人。我曾经付钱给一个律师让他帮我查询，政府到底对他做了什么。他和他的军队！我要向他宣战，我会的，我要让他见识一下我发动的战争是什么样子！你给我从树后面滚出来！”

“你不要伤害我的士兵！”迪克叫道。

“跑，快跑！”小老头说，“她还没有拿出熨斗和顶针呢。”

“等等，”士兵说，“我可以解释我为什么没有回家。”

“我确信你可以，”爱丽丝回答说，“你过来坐进马车里，把你的解释留到家里再讲给我听。”那个士兵走过来，上了马车。

“你不要伤害我的士兵。”迪克又重复了一遍。

“他是爱丽丝的小兵，宝贝，”达尔西说，“这不就是你在战争中失去的士兵吗，爱丽丝？”

“没错，他是，”爱丽丝回答说，“一个挺好的‘失物’，你看看他，连战场都不想要他！”

他们继续前行。士兵和小老头肩并肩坐在马车后排。

“你丈夫叫什么名字，爱丽丝？”达尔西问。

“叫‘出埃及记’，”爱丽丝回答，“他们有兄弟两个，另一个叫‘创世纪’，但是在他十岁的时候，齐啬夺去了他的生命。”

“我也打过仗。”小老头对爱丽丝的丈夫说。

“哪场战争？”爱丽丝的丈夫问。

“我从来都不知道，”小老头回答，“我记得，有许多人参加。”

“听起来很像我参加过的一场。”爱丽丝的丈夫说。

“我估计这些战争都差不多。”小老头说。

“我要说你是对的，”爱丽丝的丈夫赞同道，“是水上战争吗？”

“水上战争？”小老头重复说。

“穿过高低起伏的水面，”爱丽丝的丈夫解释说，“男人，男人，那就是战争。整整一百天，全都是水，起起伏伏，起起伏伏，一眼望去什么也看不到，连鼠尾草也看不到。我知道在战争中他们杀人，但是一天天过去，我好像还没有死去。我不知道人们怎么会拦截出那么大的一个池子，也不知道他们要用它干什么。那水可以盛得下全世界的游艇。”

“不，这不是我说的那场战争。他们冲进我爸爸的牧场，打了那场我也参加了的战争。”

“这样的话，”爱丽丝的丈夫说，“那你参加战争还蛮方便的。”

“我还参加过另外一场战争，在一个叫做七棵松的地方。”

“你有没有藏在哪棵松树的后面？”达尔西问。

“没有，小姐，”小老头回答，“在那个战场上可有远远不止七个将领。”

“所以现在，”爱丽丝的丈夫说，“各种战争还是老样子，对不对？”

“我觉得不舒服，”乔治说，“我想……”乔治用恍惚的眼神看了他们一眼，“我想我要生病了。”

“你们参加的战争都是谁取得了胜利？”达尔西问。

“我不知道，小姐，”小老头回答，“不知道。”

“的确是这样，”爱丽丝的丈夫赞同道，“我从来没见过一个士兵能从一场战争中赢得什么。另一方面，白人的战争总是很滑稽。下次白人打仗，我想我不会参加了，我会待在军营里。”

“我想那样更好。”小老头赞同道。

“我想，”乔治说，“我要吐了。”接着乔治坐在马上就开始剧烈呕吐起来。

“他这是怎么了？”爱丽丝的丈夫说，“他这样子要去参加战争，那就糟透了。”

他们都停下来，不久乔治感觉好一点儿了，他们扶他坐进马车。

“先生，我可以骑他的马吗？”小老头问红发男孩。红发男孩答应了，小老头从车厢里跳出来骑上马。

“那你之前为什么不许愿要一匹马呢？如果你很想骑的话？”达尔西问小老头，“你除了苹果派和冰淇淋什么都没要，你没有想过自己到底想要什么东西吗？”

“我不知道，”小老头说，“我没有想过这个问题，但是我会考虑的，让我想想……我希望我们每个人都有一袋粉白条纹的糖果。”他话音刚落，每个人手里就拿了一袋糖果。

“我的糖果是软的，”小老头说，“我以前最喜欢硬的，但我现在只能吃软的了，因为我的牙齿不比年轻的时候了。”

“让我看看你的牙齿。”达尔西说。小老头张开了嘴巴，但是他嘴巴里空空荡荡，牙齿都掉光了。

“你为什么不要一副假牙呢？”达尔西问。

“什么是假牙？”小老头问。

“要一副来看看。”达尔西建议。

“好吧，我希望我有一副假牙。”小老头说，他用手拍了拍嘴巴，难以置信地望着达尔西。

“你不喜欢它们吗？”达尔西问。

“我真不敢相信我做到了，”小老头回答，“我已经习惯了不拥有任何东西。你看。”他把假牙拿出来看着它们：“它们真漂亮，不是吗？它们现在如果放在壁炉架上会很适宜的，不是吗？我想我会留着，把它们放到壁炉架上的。”

他们继续穿越森林，来到一片巨大的橡树下。树上有许许多多的鸟儿，它们争相鸣叫着，松鼠们掠过草地从一棵树跳到另一棵树上，草地上盛开着各色各样的花朵。

那个小老头用脚跟踢了踢马，让它猛地奔跑起来，缰绳上的铃铛像疯了一样乱响。“我过去参加过的那场战争是骑马的，”小老头说，“那时我经常这样做。”他骑着小马冲下公路一路狂奔，胡须在风中飘荡，然后他又旋转马身，勇猛地冲回来。

“我敢说你这一生中从没有参加过任何战争。”爱丽丝说。

“我也这样觉得。”乔治说，他现在感觉好多了，“我打赌你如果看到一个敌人，早就吓跑了。”

“我确信我不会的。”小老头回答，“我确信我会用刀把他砍成两半。如果刚好有把刀在手里，我会让你见识见识我会怎样做。”接着，他的手里就有了把刀——一把崭新的闪着寒光的刀，有着金色的手柄。小老头看着这把刀，把它在衣服上擦了又擦，直到它像一面镜子那样闪闪发光，他把它拿给爱丽丝的丈夫去看。爱丽丝的丈夫说，这真是一把好刀，但他又说这把刀对于小老头来说有点太长了，因为他喜欢可以挂在后背上藏在衬衫里的那种小刀。

“我在战场上就是这样的，”小老头解释说，“看我！”他挥舞着刀，骑着马冲下公路，接着又飞奔回来。

“我确信你会恐惧。”乔治说。

“我敢说一百个敌人也吓不倒我，”小老头说，“我确信我会直接冲向他们，用一把像这样的刀把他们切成两半。”

“我确信你连一只狗都不能砍成两半，”乔治说，“我确信你会被吓倒。”

“我确信我不会被吓倒，”小老头回答，“我确信我会——”

“我打赌你会被一只老虎或者狮子吓倒。”乔治说。

“我敢说就在这片森林里，我曾经杀死过一百只老虎和狮子，”小老头说，“就是用一把像这样的刀……不对，刀是在战场上用的。我不记得是用什么杀死老虎和狮子的了，是另外的东西。”

“我猜你是用大头针和熨斗杀死它们的吧。”爱丽丝说。

“如果让我来搞一场战争，”爱丽丝的丈夫说，“我会带一群已婚妇女，蒙住她们的眼睛，然后说‘朝你的正前方直线前进，如果你碰到了什么，那是你们的丈夫’。这就是我组织战争的方式。”

“这样战争会很省钱，对不对？”小老头说，“因为她们会拣起大头针啊，熨斗啊，重复投掷，对不对？”

“我还知道一些战争根本不需要熨斗和大头针，”爱丽丝的丈夫说，“等你有一段我这样的婚姻你就知道了。”

“哈哈，”乔治说，“我打赌如果你前面的树背后跳出一只狮子来，你会吓死的。”

“我确信我不会的，”小老头说，挥舞着他的刀，“我确信我会——”

“我希望一只狮子会——”

乔治的话还没有说完呢，达尔西就尖叫起来，爱丽丝的丈夫像喇叭那样狂叫，而爱丽丝的声音掩盖了他们的声音。他们飞快地逃下公路。爱丽丝的丈夫爬上一棵树，爱丽丝一边跑一边用一只胳膊抱着迪克，另一只胳膊围住达尔西，紧随其后的是用最高音贝嚎叫着的乔治。而那个小老头，手里仍然拿着他的刀，已经远远地把他们抛在身后。

“停下！停！”红发男孩大声喊道，爱丽丝停下来靠在一棵树上，气喘吁吁。那边，就在路的中央，端坐着一头狮子，在它旁边，红发男孩正骑在马上，马在镇静地喷着鼻息。“回来吧，”红发男孩喊他们，“它不会伤害你们的。”

“等你把那个家伙弄走吧，”爱丽丝说，“你，达尔西，千万先别回去。”

“你们所要做的，”红发男孩说，“是找到那个许愿要这只狮子的人，让他取消愿望。是谁许愿要它的？是乔治，对不对？”

“我想是的。”乔治说。

“好吧，你真想要它吗？”红发男孩问。

“不，”乔治说，“我希望自己永远都不要看到另一只。”他的话音刚落，狮子就不见了。

“现在我们可以回去了。”达尔西说。

“你，达尔西！”爱丽丝尖叫起来，“你不能过去！那个家伙刚刚跳到树后面去了，我看到了！”

“不，不，”红发男孩说，“它不见了，快回来吧。”

他们走了回去，爱丽丝朝每棵树的背后查看了一下：那只狮子真的走了。

“哎呀，马都到哪儿去了？”达尔西问道。

“当你们看到狮子的时候，都希望它们走开，”

红发男孩说，“狮子跳出来的时候，每个人都希望自己能奔逃，但是坐在马上或者马车上你们是没办法跑的。”

他们惊讶地面面相觑。“我们只能步行了吗？”达尔西问。

“是的，我的书包里没有更多的马了。”红发男孩说。

“要我说我们最好步行，”爱丽丝说，“我们骑得越久，离家就越远。这件事也许是有什么人在耍我们。”爱丽丝又加了一句，并且瞪着那个小老头，他正拿着刀走过来。

“我弄丢了我的吉尔普斯，”小老头说，“它从我的衣袋里掉出来，现在我找不到它了。”

“真糟糕，”达尔西说，“它可真是一个不错的吉尔普斯。你为什么不许愿让它能说能走呢，那你就可以找到它了。”

“我会的，”小老头回答，“它是我见过的最好的吉尔普斯。”他正说着，他们就听到草丛摇晃碰撞的声音，一个细细的声音在喊：

“我来了，埃格伯特，我来了。”

“在叫我的名字。”小老头说。碰撞声更近了，很快他们就看到吉尔普斯从草丛中跑过来。

“小狗狗。”迪克兴奋地叫起来，他从地上捡起一根棍子去敲吉尔普斯，他每敲一下，吉尔普斯就变大一点。

“宝贝！”达尔西叫起来，“不要打埃格伯特的吉尔普斯！爱丽丝！爱丽丝！”

“杀死小狗狗。”迪克说。现在吉尔普斯已经变得像一只狗那样大了。“把小狗狗切成两半。”迪克说，接着吉尔普斯就跌倒成两半了。

“看看你都干了些什么！”小老头说，把脸埋在手肘里，哭了。

“非常抱歉，”达尔西说，“迪克是个坏孩子，把你的吉尔普斯砍成了两半。”

接着另一个小小的哭声从他们脚下的草丛里传来，他们俯身一看，原来是迪克，跟一个铅制的士兵玩偶差不多大。

“因为他许了一个坏愿望，”红发男孩解释说，“一个伤害了别人的愿望。”

“不要伤害他！”达尔西尖叫道，与此同时，达尔西和爱丽丝也变得跟迪克一样小，爱丽丝把迪克抱起来，又用另一只胳膊搂住达尔西。

“你个老傻瓜，”爱丽丝用她又尖又细的嗓音向小老头喊道，“看看你都做了些什么！不要伤害我们！”

“我现在也不知道该怎么办了，”红发男孩说，“迪克会一直那么小，直到他为别人做一件好事，而只要迪克还那么小，达尔西和爱丽丝就不会变大。”

“我想我们最好也都变小，”小老头建议，“这样我们就可以在一起了。”

“好吧，”红发男孩赞同道，“这是个好主意。”

“我不要，”乔治立刻说，“我不想变那么小，我希望我回到家里。”然后乔治就不见了。

“很遗憾，他跑了，”小老头说，“我本来可以杀死那头狮子的，如果我当时不是那么震惊的话。”

于是剩下的人也都变小了，就像爱丽丝、达尔西和迪克一样。

“咦，”小老头发出好奇的声音。他们正置身于一片奇怪的丛林里。那些树通体都是绿色的、平直的，就像巨大的剑叶，而且它们既没有枝条，也没有树叶。

“那是草，”红发男孩解释说，“我们最好走这边。”

他们继续穿过那片奇怪的平直的树林，很快就来到了一座黄色的大山前。

“这真是座奇怪的山啊，”小老头说，“它是木头的。”他们沿着山脚走，试图找到一条路爬上去。但是这座山没有路，他们无法越过它。

“我知道这是什么了，”红发男孩说，“这是埃格伯特的吉尔普斯。”

“我想要我的吉尔普斯，”小老头说，他们吃惊地瞪着前面，因为那座山消失不见了，接着小老头说，“有什么东西跳到我的口袋里了。”他把手伸进衣袋，掏出了他的吉尔普斯。“哎呀，”小老头说，“我真开心吉尔普斯又回来了，这是我做出的最好的吉尔普斯。”

于是他们继续前进，他们走出了森林，进入一片巨大的沙漠里，在沙漠中间站着一头野兽，爱丽丝和她丈夫从没见过这么大的野兽。

“它比大象还大。”爱丽丝说。

“它正是我的小马，”红发男孩解释道，“它知道回家的路，没错。”

他们穿过了这片沙漠，突然，一只有两个老鹰那么大的鸟向他们俯冲过来。爱丽丝又把迪克抱起来，又用另一只手抓住达尔西，那只大鸟在他们身边盘旋着，想把迪克叼走。爱丽丝的丈夫用来复枪瞄准大鸟射击，但是那只大鸟还是在他们身边盘旋，想把迪克吃掉。大鸟以为迪克是一只虫子，因为他那么小。

“把你的帽子放在地上！”在爱丽丝的丈夫跟大鸟搏斗的时候，红发男孩对小老头喊道。小老头把帽子放在了地上，红发男孩赶紧许愿要这顶帽子变得像一只汤碗那么大，然后他们都钻进去。他们可以听到大鸟在外面啄帽子的声音，但是却进不来。

后来他们听不到大鸟的声音了，爱丽丝的丈夫举起帽子往外看。

“它走啦！”爱丽丝的丈夫说。接着他放下帽子，又跳进来。“上帝拯救我们，”爱丽丝的丈夫叫道，“地震了！”

忽然，他们脚下的地面升起来，他们一个个从一座大山上滚下来，帽子翻过来，他们继续往下滚，他们看到地震的震源就在身边，地面都耸动起来，就像有什么东西在沿着下面挖洞。

“是鼹鼠，”红发男孩说，“就是这么回事。走吧，我们最好还是回到树林里去想想该怎么办。”

他们重新回到那片奇怪的平直的树林里。

“我想，”红发男孩说，“我们最好许愿爱丽丝的丈夫变大回去，然后我们都钻进他的帽子里，让他带我们回家。”

于是他们许愿让爱丽丝的丈夫变大回去。他把自己的帽子放在地上，然后小心翼翼地把他们一个接一个放进帽子里。

“你个大傻瓜，”爱丽丝用尖细的嗓音冲他喊道，“你拿我和这个孩子的时候小心一点儿，不然我会扯掉你的脑袋，拆散你的脊梁骨。”

接着爱丽丝的丈夫就捡起他的帽子出发了。达尔西、迪克、爱丽丝和红发男孩坐在帽子里，除了爱丽丝丈夫的头、天空和树梢之外，他们什么也看不到。没多久迪克就睡着了。达尔西也有点昏昏欲睡，但是她无法睡得舒服，因为在爱丽丝丈夫的帽子里可没有枕头。

我真希望是在自己柔软舒适的床上，达尔西心中暗想。“不，我不要，不，我不要！”她尖叫道，但是太晚了，因为她已经重新躺在了家里的床上，在她的房间里，一个人。“我不想在这里，”达尔西哀鸣道，“我想去找埃格伯特先生，他能告诉我其他人去了哪里。”

于是，她再次站在一栋灰色的农舍门前，房前开满着玫瑰花。“这不是我离开他们的地方！”达尔西说，“我想去爱丽丝、迪克、莫利斯和埃格伯特、出埃及记先生所在的地方。”但是她并没有实现愿望，达尔西想起了她的那枚彩色叶子，她伸手去裙子的口袋里拿，那片叶子不见了。

达尔西不知道该怎么办。她站在农舍前的路上，接着她听到房子后面有劈柴的声音，她推开院门走进了前院。农舍的房门关着，在门旁的地上有一些用刀子削出来的木条，院子里散落着一个熨斗、一枚大头针和一只闹钟。达尔西围着房子走，看到一个有着灰色长须的小老头，他正在劈柴。达尔西走到他面前。

“其他人去哪儿啦，埃格伯特先生？”达尔西问。

小老头放下手中的斧头转过身来。“小姐？”小老头说。

“我把他们弄丢了，”达尔西解释说，“在那里时我们是在一起的，现在我找不到他们了。”她痛哭起来。

“是野餐吗？”小老头问道，“我过去常常去野餐。”

“啊，你是跟我们在一起的，你也丢了吗？”达尔西问。

这个小老头有一双亲切的蓝眼睛，“我过去常常去野餐，”小老头说，“但现在我已经很久没去过了。”

“啊，你早晨还跟我们在一起呢！”达尔西惊讶地叫起来，“你不记得了吗？你有苹果派和冰淇淋！”

“我现在？”小老头问。他摇了摇灰色的长胡子，“我年轻的时候很喜欢吃冰淇淋，但我现在不常吃了。”小老头把砍好的木头推开，“你不想在这块原木上坐一会儿吗？”小老头彬彬有礼地邀请。

达尔西难过地坐下来，“所以你不知道他们去哪儿了？”她问。

小老头也坐了下来。“老天爷啊老天爷，”他说，“离我最后一次野餐已经过去很多年了，而我现在也不年轻啦，有点变懒了。这就是为什么我砍柴的原因，你明白吗，是为了有点锻炼。”

“你多大年纪了？”达尔西问。

“我今年四月刚过 92 岁。”小老头回答。

“所以你不知道他们去哪里了？”达尔西说，“我本来和他们在一起的，然后我丢——丢了，现在我找——找不到他们了，我害——害怕，”达尔西啜泣起来。

小老头紧张地跳起来，他用舌头打了个响嘴，突然把手伸进衣袋，“看看我做了什么。”他说。

达尔西擦了擦眼睛看了看，“啊，是那个吉尔普斯！”她叫起来。

“它是吉尔普斯？”小老头开心地问，“我不知道它是什么，如果你想要的话，就给你吧。”他补充说。

“我想要爱丽丝和迪克，”达尔西说着又哭起来。

小老头又打了个响嘴，又把手伸进衣袋：“看看今天早晨我在路上发现了什么，我起初以为是一片树叶，但现在我相信它是龙的一片鳞片或者凤凰的一根羽毛。”

达尔西看着那片叶子拍起手来。小老头手里的那片叶子，它并不是什么特别的颜色，只是淡淡的粉绿色。“如果你想要，就给你吧。”小老头说。

“噢，谢谢你！谢谢你！”达尔西兴奋地叫道，把叶子紧紧抓在掌心。“如果我们最近再野餐的话，我们会到你这里来，”达尔西允诺道，“谢谢你，谢谢你！”

“我过去是野餐的一把好手。”小老头说，这时他的妻子打开了厨房的门。

“你！埃格伯特！”她大喊道，然后又砰地关了房门。小老头立刻拿起斧头卖力地砍起柴来。

“现在，”达尔西紧紧握住手中的淡绿色树叶，闭上了眼睛，“我想去爱丽丝、迪克、莫利斯和出埃及记那里——”

“你好，达尔西！你好，达尔西！”他们都哭了。达尔西拥抱迪克和爱丽丝，爱丽丝和迪克也抱着达尔西，爱丽丝丈夫的嘴巴咧到了耳根，露出了满嘴的牙，红发男孩用他闪烁着奇异金色斑点的眼睛注视着他们。

“迪克是怎么变回来的？”达尔西问。

“那个老流浪汉在出埃及记的帽子褶皱里弄丢了他的吉尔普斯，迪克帮他找到了。”爱丽丝解释说。达尔西又拥抱了迪克和爱丽丝，爱丽丝和迪克也又一次拥抱了达尔西。

“走吧，”红发男孩说。他们现在在一个山谷里，很快他们会到一条河边。这座山谷弥漫着甜美的香味，他们一直走，很快就看到一棵树，长满一千种不同颜色的叶子。

“是许愿树！”达尔西叫起来。

“我猜是的。”红发男孩赞同道，但是等他们走近时，那些树叶忽然都飞到空中，围绕着大树飞旋，然后他们看到那棵树变成了一个有着银光闪闪的长胡子的高高的老人，那些叶子是各种各样颜色的鸟儿。

“早上好，弗兰西斯神父。”红发男孩说。

“早上好，莫利斯。”仁慈的弗兰西斯回答，那些彩色的鸟儿歌唱着围着他盘旋，停在他的肩上、头上和胳膊上。

“这是达尔西、迪克、爱丽丝和爱丽丝的丈夫。”红发男孩介绍道。

“我们在找许愿树。”达尔西解释道。

仁慈的弗兰西斯看着他们，眨了眨眼：“那你们找到了吗？”

“不知道，”达尔西说，“我们想或许这棵就是。”

仁慈的弗兰西斯想了一会儿，那些鸟儿停在他的周围就像一片彩色的云霞。等他开口的时候，那些鸟儿又开始在空中他身边飞旋起来。

“你们每个人是不是都从后面森林里的一棵树上

采了一片叶子？” 仁慈的弗兰西斯问。

“是的，弗兰西斯神父。”达尔西说。

“嗯，那棵树就是许愿树。但你想一下，如果树上有一千片叶子，然后有一千个男孩女孩每个人采了一片，那等第一千零一个孩子来的时候，就得不到叶子了，对不对？”

“是的，弗兰西斯神父，”达尔西说。

“所以这种愿望是一个自私的愿望，对不对？”

“是的，弗兰西斯神父。”

“那么，”仁慈的弗兰西斯说，“把你们的叶子交给我，我把它们再还回树上去。作为交换，我会给你们每人一只我的小鸟。如果你们喂养它，照顾它，你们就永远也不会许下一个自私的愿望，因为那些照顾和保护弱小事物的人是不会有自私的想法的。你们愿意交换吗？”

“我们愿意，弗兰西斯神父。”他们异口同声地回答。于是他们把自己的叶子交给仁慈的弗兰西斯，作为交换，他从长袍下面拿出一个柳条笼，把一只蓝色的小鸟放进去给了达尔西；他又拿出一只笼子装了一只黄鹂鸟给红发男孩；他给了爱丽丝一只红色的小鸟；给迪克一只小小的白色的有着淡蓝色翅尖的小鸟，因为他还太小，而且他是达尔西的弟弟。

“爱丽丝的丈夫呢？”达尔西问。

“他要帮助爱丽丝一起照顾她的红色小鸟，”仁慈的弗兰西斯回答，“因为如果他再度离开她的话，他就只能做个自私鬼。”

“那乔治呢？”达尔西问。

“乔治的前景不乐观，”仁慈的弗兰西斯回答，“他许的第一个愿望，就让他自己受到了惩罚；他许的第二个愿望，无缘无故地吓到了你们所有人；他许的第三个愿望，是在你们深陷困境的时候抛弃你们。”

“但是埃格伯特先生，”达尔西说，“他应该有一只，对吗？”

“啊，”仁慈的弗兰西斯说，“他拥有的已经远远超出了我能给他的：他老了，已经根本没有多少欲望了。对了，他后来怎么样了？”

“他的妻子来了，带走了他，”爱丽丝回答。

“所以，”仁慈的弗兰西斯说，“他再也不需要任何其他东西了。”

他闭口不再讲话，于是那些鸟儿又开始停在他的头上和肩膀上不动。

“再见，弗兰西斯神父，”他们说，“谢谢您！”仁慈的弗兰西斯只是从他的鸟群中微笑地看着他们，于是他们就告别了。

他们来到了那条河的岸边，但奇怪的是，这条河不是平躺着的，而是站立着的，就像一堵灰色的墙。

“这不是很奇怪的事情吗！”达尔西说，因为这条河很像最初的那团雾，在其中他们可以模糊地看到有一条像路一样的东西笔直地在他们前面铺开，两旁都是房子，河水闻起来有紫藤花的香味。

“我们必须穿过它。”红发男孩说。

“哦，我想也是，”达尔西说，“等等。”但是那个红发男孩已经走进去了，爱丽丝、迪克和爱丽丝的丈夫紧跟其后。“等一等！”达尔西又叫了一声，他们已经只剩下模糊的身影，那个红发男孩转过他那丑丑的脸和闪烁着奇特金色斑点的眼睛，头发有一圈光晕，在向她招手。“等一等，”达尔西又叫起来，她也走进了那团迷雾，用手在身前摸索着。但是其他人在她前面消失了，她只能看到红发男孩的头发在迷雾中微弱的闪光，就像她沉溺在睡眠的池子里，在温暖的睡眠中上升上升，一直升到顶部，接着她就会醒来。

她真的醒了，身体里好像有另外一只小气泡，变得越来越大，使她的身体、胳膊和腿都有一点点刺痛，像刚刚吃了一片薄荷。是什么呢？她想，它会是什么呢？

“生日！生日！”一个声音在她耳边响起，她睁开眼睛，原来是迪克在她的床边又蹦又跳，趴在她身边的是妈妈。达尔西的妈妈非常美丽，瘦瘦的，高高的，她有一双海水般变幻莫测的眼睛，她那双纤细的手，总是在你不舒服的时候温柔地抚慰着你。

“快看！”妈妈说，她拿出一只装着蓝色小鸟的柳条笼子，达尔西快乐地大叫起来。

“我也想要小鸟，妈妈，”迪克说，“我也想要小鸟，妈妈。”

“你可以跟我一起拥有这只小鸟，宝贝。”达尔西说，然后她让迪克拿着鸟笼，接着她又闭上了眼睛，妈妈伸手摸了摸她的额头。达尔西想起了仁慈的弗兰西斯、有着奇异的眼睛和发光的头发的莫利斯。是的，她有了自己的蓝色小鸟，即便那只是一个梦。仁慈的弗兰西斯说过，如果你对弱小的事物很慈悲，你就不需要一棵许愿树来帮自己实现愿望。明年她就会有一个新的生日，如果她记得上床时先迈左脚，睡觉时把枕头翻过来，谁知道会有什么奇迹发生呢？

诺奖童书

第一辑

1. 许愿树　〔美〕威廉·福克纳
2. 夜莺之歌　〔法〕勒克莱齐奥
3. 树国之旅　〔法〕勒克莱齐奥
4. 如梦初醒　〔英〕高尔斯华绥
5. 我的小狗　〔英〕高尔斯华绥
6. 爱尔兰童话故事　〔爱尔兰〕叶芝
7. 原来如此的故事　〔英〕吉卜林
8. 丛林故事　〔英〕吉卜林
9. 红襟鸟　〔瑞典〕塞尔玛·拉格洛芙
10. 蜜蜂的生活　〔比利时〕梅特林克

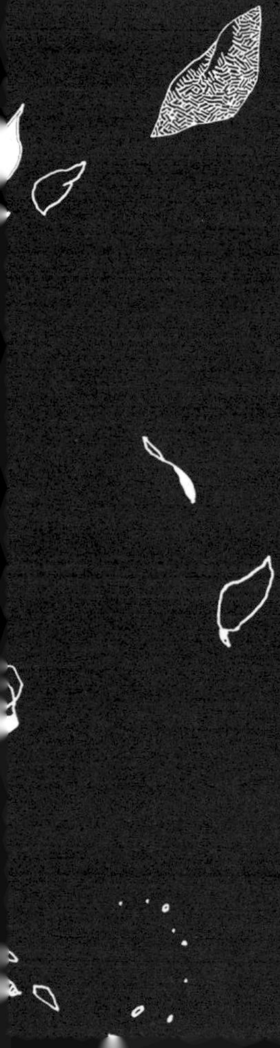

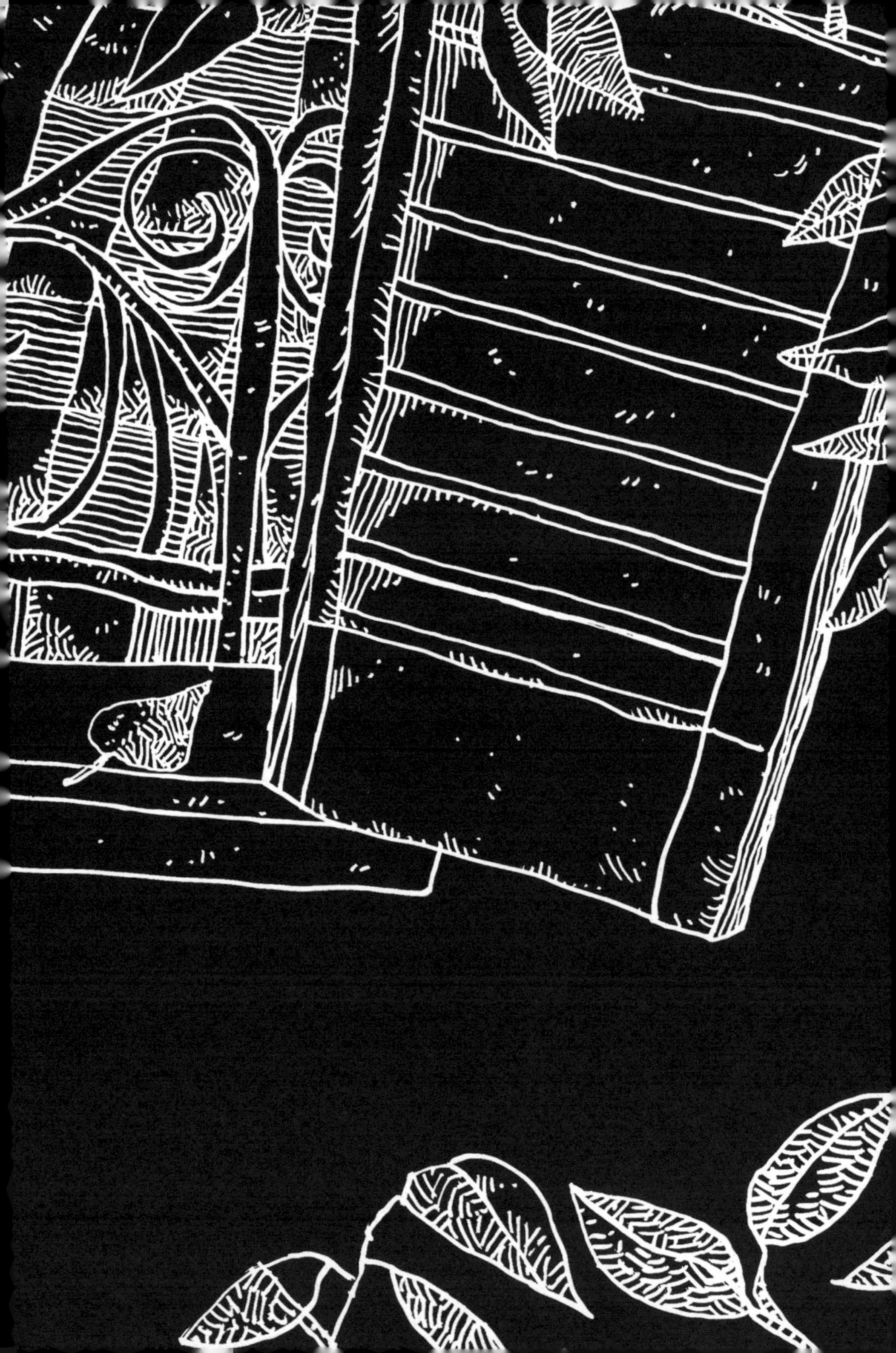

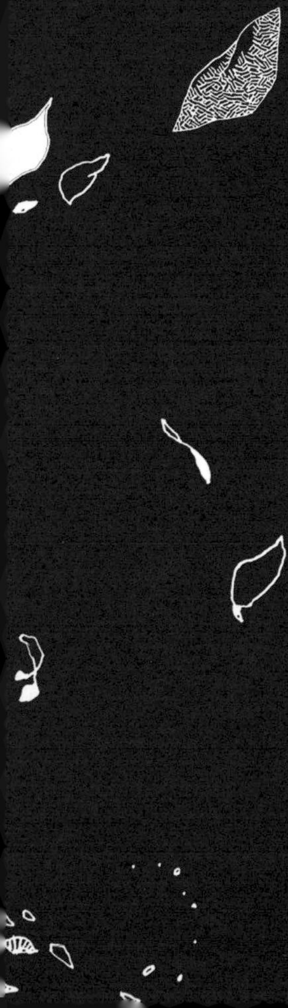